ROMANZI E RACCONTI

Dello stesso autore
nel catalogo Marsilio

E i figli dopo di loro
Come una guerra
La canzone popolare

Nicolas Mathieu
Rose Royal

traduzione dal francese di
Margherita Botto

Marsilio

Titolo originale: *Rose Royal*

Prima edizione: marzo 2025
ISBN 978-88-297-1694-4
www.marsilioeditori.it

ROSE ROYAL

Parte prima

Rose saltò giù dall'autobus e attraversò la strada di slancio, quasi di corsa, senza preoccuparsi del traffico che pure era intenso, e a doppio senso. Quel giorno indossava una gonna chiara di cotone e un grazioso top che lasciava scoperte le spalle. Appesa di traverso alla borsa penzolava una giacca nera, le scarpe erano di un bel rosso ciliegia che catturava lo sguardo. A distanza era difficile darle un'età, ma conservava chiaramente una linea, un'elasticità complessiva che faceva pensare alla gioventù. Le gambe, soprattutto, erano ancora fantastiche. Al suo passaggio il flusso delle auto ebbe come un'esitazione, un'increspatura nella fiumana delle sei di sera, e un tizio barbuto su una Ford Escort diede un colpo di clacson, tanto per fare. Ma Rose non lo sentì. Proseguì con la stessa andatura rapida, indifferente e vivace, ficcando in borsa gli occhiali da sole nel momento in cui spingeva la porta del Royal. Correndo, si era lasciata alle spalle un ticchettio di tacchi che si spense nella penombra familiare del bar. Guardò l'orologio. Era ancora presto. Rose era contenta, aveva sete.

«Ciao a tutti.»

«Ciao» rispose Fred, il gestore.

Mentre lui le versava una birra piccola, Rose aprì il quotidiano del giorno. Andava lì ogni sera, uscendo dal lavoro. Si sedeva al bancone, accavallava le gambe che erano il suo orgoglio, e si faceva un primo bicchiere, sempre una birra. In genere arrivava verso le sette. Spesso era buio, tranne che in estate, e allora Rose provava una specie di rimorso.

Il Royal era un locale che si estendeva in lunghezza, con le pareti scure, un bancone, tre spillatori di birra e grandi vetrine polverose affacciate su un ristorante cinese, un calzolaio e un minimarket. In fondo c'erano un calciobalilla e un biliardo. L'arredamento risaliva ai *Seventies*, legno e finta pelle blu. I cessi erano sulla destra, abbastanza puliti, con sticker incollati dappertutto. In quel bar regnava sempre un'impressione da fine giornata. La clientela poteva variare, la musica restava il rock.

Fin dal primo sorso Rose sentì qualcosa sciogliersi dentro il petto. La birra era fresca, il giornale era sgualcito e sotto la suola sinistra poteva avvertire la solidità metallica del poggiapiedi. Tre sensazioni che le creavano già un mondo, un'adeguata atmosfera di casa. Si inumidì la punta del dito per sfogliare le pagine e Fred le chiese che novità ci fossero.

«Bah. Non molte.»

Tra poco avrebbe avuto cinquant'anni e non se ne faceva un cruccio. Conosceva i suoi punti forti, la linea che non l'aveva tradita, e poi le gambe, davvero belle. Il volto, invece, non reggeva più tanto bene. Non era né gonfio né particolarmente scavato, ma il tempo aveva lasciato la sua traccia di lacrime e notti in bianco. Qualche ruga complicava la bocca. E i capelli non erano più folti come prima, quel rigoglio sessuale che era stato parte del suo successo. Perlomeno, sotto la tinta nessuno poteva indovinare i fili bianchi.

Era arrivata a quell'età difficile in cui sembra che il vigore, l'elettricità che resta, debba scomparire nel brodo dei giorni. Di tanto in tanto, durante una riunione, o sui mezzi pubblici, si sorprendeva a nascondere le mani, non le riconosceva più. Certe sere, guardandosi allo specchio, si diceva da domani farò attenzione. Le capitava di spendere una fortuna al Monoprix in creme e shampoo vari. Nel suo vocabolario erano comparse parole come «tensori», «fibre cellulari», «ematite» o «collagene». Si era iscritta ad aquagym e si riprometteva episodicamente di bere solo acqua minerale. Le capitava anche di fare diete a base di leguminose, carni bianche o frutta secca. Ma ogni volta finiva per prevalere la sensazione del tanto a che serve. Era già tardi, nella sua vita, e probabilmente quegli sforzi non avevano molto senso.

Rose si era sposata a vent'anni. Aveva avuto due figli a ruota, Bastien e Grégory, e un divorzio senza grosse complicazioni. Aveva conosciuto datori di lavoro, avventure, promozioni simboliche, problemi di salute, convocazioni dal preside. Non era mai stata disoccupata, neanche un giorno, a dimostrazione che se volevi... Adesso poteva godersi la tredicesima e una Fiat Punto bianca che usava poco. Pagava un affitto contenuto, i ragazzi avevano un impiego e una fidanzata. Dormiva male e non faceva più progetti per le vacanze. A volte le sembrava di vivere solo per automatismo. Tutto sommato la sua gioia era questa: sedersi al bancone, chiacchierare con Fred, arrivava l'ebbrezza, e poi aveva Marie-Jeanne, la sua grande amica, che passava il martedì e il giovedì.

«A proposito, stasera viene?»

«Chi?»

«Marie-Jeanne.»

«Dovrebbe, sì» rispose Fred.

«Ehi, non c'è un'anima. Metterà il muso.»

«Le ho già detto di fissare degli appuntamenti. Non ne vuole sapere.»

Due volte alla settimana il Royal si trasformava in un salone da parrucchiere. Marie-Jeanne offriva i suoi servigi per dieci euro a taglio, un bicchierino fra un cliente e l'altro, meglio ricorrere alle sue competenze a inizio serata. Lei e Rose avevano in comune l'età, una certa stanchezza nei confronti degli uomini, i figli portati in palmo di mano, e un destino statico che avrebbero voluto diverso. Comunque non avevano niente di cui vergognarsi. In qualche modo avevano fatto il loro bel pezzetto di strada. Ognuna delle due poteva contare sull'altra.

Rose ordinò la seconda birra. Cominciavano ad arrivare degli avventori e lei si sentiva bene, di umore affabile. Del resto, quando

Fred accennò all'ennesimo sciopero dei treni che bloccava il paese si limitò ad alzare gli occhi al cielo, a riprova che era nella migliore disposizione di spirito. Alla fine, Marie-Jeanne si presentò poco dopo le nove. Rose aveva avuto il tempo di bersi una terza birra piccola.

«Allora, dov'eri finita?»

«Ho avuto una giornata impossibile» rispose Marie-Jeanne. «Ingorghi quasi continui da Pompey in avanti. Tutti quei camion, cazzo!»

Poi la parrucchiera passò in rassegna il bar alla ricerca di eventuali clienti. Non c'era folla, ma non era neanche deserto. Come ogni sera, Serge Kalt e il Keuss si facevano una birra dietro l'altra in fondo al bancone. A parte loro, era la solita accozzaglia di marginali, ubriaconi, punk con un principio di calvizie, lavoratori dipendenti inconsolabili e disoccupati di lungo corso. Niente di entusiasmante. Non poteva nemmeno contare sulla tavolata di trentenni che chiacchieravano di architettura bevendo Chouffe. Restava quel tizio con gli occhiali che cercava di rimorchiarsi una meticcia con dieci anni di meno. Marie-Jeanne subodorò un appuntamento Tinder e sospirò.

«Solo radical chic e barboni... Vedrai che questa sera non combino niente.»

«È ancora presto.»

«Sì, be', però non voglio neanche tagliare capelli alle due del mattino.»

Ordinò un pastis per annegare la stizza e afferrò il quotidiano abbandonato lì.

«Non se ne può più. Con tutto il tempo che è passato. Perché ci rompono ancora con questa storia?»

Aveva dato una manata alla prima pagina del giornale dove gli ultimi sviluppi del caso Grégory prendevano cinque colonne. I coniugi Jacob erano appena stati incriminati, Murielle Bolle avrebbe finalmente parlato, era un caso che si trascinava da trent'anni. Rose ricordava ancora gli inizi e la prima foto comparsa su *L'Est Républicain* una mattina di ottobre. Il cadavere del bambino fra le braccia di un gendarme, berretto abbassato sul viso, mani e piedi legati. L'orrore delle sue scarpette, misura 25, a occhio e croce. Cinque ore prima il poveretto giocava ancora con le macchinine su un cumulo di sabbia. E ora quello, l'acqua gelida, la nitidezza del flash, un bambino diventato carne morta. Quando il caso era cominciato, Bastien aveva appena compiuto cinque anni, l'età della vittima, più o meno. Come molte persone del luogo Rose aveva seguito ogni sviluppo con crescente avidità. Il delitto la spaventava, certo. Ma c'era anche qualcos'altro, qualcosa di più profondo. Riconosceva quelle persone. Era cresciuta nella Mosa, in una famiglia dello stesso tipo, altrettanto intessuta di silenzi e rancori, un minuscolo paesino con due fabbriche e villette una di fronte all'altra, angoli morti e odi che risalivano all'occupazione tedesca. Comprendeva quella maniera di muoversi e di tacere le cose, l'accento pesante, i rifiuti ostinati. I giornalisti potevano pure ironizzare. Quelle persone esistevano davvero. Erano la carne da cannone e il sangue delle fabbriche, il grosso del pubblico del primo canale tv e le cifre dell'astensione, la folla delle fiere e la realtà del paese. Rose odiava quel modo di trattarli sui giornali e in televisione. Al loro posto nemmeno lei avrebbe parlato. Quella vicenda non riguardava nessuno. Be', certo, il povero bambino. Immaginava le sue mani fredde, la giacca a vento zuppa d'acqua, i capelli neri sulla fronte livida, e le veniva un nodo alla gola.

Dopo il secondo pastis Marie-Jeanne cominciò a scalpitare. L'idea di essere andata lì per niente la mandava fuori di testa, aveva bisogno di lavorare, almeno pagarsi la benzina, quindi ripiegò su Rose.

«Dai, ti do una spuntatina. Prezzo di favore.»

«No, no, neanche per sogno.»

«Ma sì, guarda, sono tutti ispidi.»

«Lasciali in pace. Niente forbici, farai un disastro.»

«Giusto una rinfrescata. Due secondi.»

Malgrado le sue proteste, Rose finì ben presto al centro del bar, seduta davanti a un grande specchio verticale che Marie-Jeanne si portava dietro dappertutto, un asciugamano sulle spalle e l'amica che le svolazzava intorno.

«Non troppo corti...»

«Non preoccuparti. Non ti accorgerai neanche della differenza.»

Allora tanto valeva. Nel frattempo Rose ritrovò il proprio riflesso, e il momentaneo stupore che le suscitava sempre. Non era particolarmente vanitosa, non provava quella specie di malinconia tipica delle donne per le quali invecchiare è un tradimento. Solo, conservava un'altra immagine mentale di sé, e la smentita dello specchio causava ogni volta uno spiacevole richiamo all'ordine. Marie-Jeanne tagliava, indifferente e sicura, e i clienti che per un istante si erano interessati allo spettacolo avevano ripreso a chiacchierare fra loro. Quindi Rose restava sola con la sua constatazione, quella verità sul tempo ormai trascorso che le rimandava lo specchio. L'idea la divertì, e si sorrise. Dopotutto era orgogliosa dello sguardo onesto che si riservava. Era orgogliosa di essere capace di squadrarsi, di non raccontarsi storie, di non essere come tante altre donnette che aveva intorno, che passavano la vita a far finta, a negare l'evidenza, a inventarsi consolazioni. Perlomeno lei poteva rallegrarsi di una cosa. La sequela di batoste le aveva offerto il regalo definitivo della solidità. Rose era forte, ormai. Bastava vedere con gli uomini, come si difendeva.

Del resto, l'ultimo tizio con cui era uscita per un po' l'aveva scampata bella. Quarantenne con i capelli radi, Thierry si guadagnava da vivere rilasciando certificazioni energetiche e occupava il tempo libero tra una famiglia sfasciata, un abbonamento a Netflix e un'associazione di ciclisti con cui progettava ormai da due anni un'ipotetica scalata del colle del Galibier. Era un tipo tranquillo e premuroso, con un aspetto anonimo e rassicurante. Eppure una sera, mentre guardava il telegiornale e Rose era al telefono, le aveva detto di piantarla perché gli impediva di sentire il conduttore. Ne era venuta fuori una lite senza capo né coda, con la tv come rumore di fondo, e a un certo punto Rose aveva avuto la sensazione che Thierry stesse per alzare le mani. Aveva riconosciuto quell'irrigidirsi della faccia, quella bruttezza degli uomini fuori dai gangheri. Era sempre la stessa storia. Li pungevi nell'orgoglio e arrivava un pugno. Alla fine Thierry si era limitato a togliersi dai piedi sbattendo la porta.

Per un momento Rose era rimasta stordita. Ma non aveva pianto. Era andata a fare un giro in macchina, per distrarsi, fino al pianoro di Brabois. L'aria frizzante della notte era stata un toccasana. A quel punto aveva preso la sua decisione e già il giorno dopo si era comprata su un sito americano una piccola rivoltella calibro .38, cinque colpi, 650 euro. Era una bella spesa, il che la diceva lunga.

Undici giorni dopo l'arma le era stata recapitata a un punto di ritiro nelle vicinanze. Una volta uscito dal pluriball, l'oggetto le era sembrato di una bellezza quasi soprannaturale, nero e argentato, al tempo stesso paffuto e notevolmente solido. Per imparare a usarlo aveva guardato dei tutorial su internet, poi era andata a sparare in un bosco fuori città. Il primo colpo le aveva fatto battere il cuore come un primo appuntamento. Ma non è che dopo ci si fosse abituata. Rose non si era dimostrata molto abile, e non aveva cercato sul serio di diventarlo. Si era semplicemente accertata di avere la mano ferma, il polso saldo. Le importava innanzitutto di non sembrare ridicola se avesse dovuto brandire quell'arnese in faccia a un uomo. Adesso doveva essere lui ad aver paura.

Per settimane aveva aspettato che Thierry si permettesse di prenderla un'altra volta a male parole. Era eccitante. Immaginava la sua faccia, i suoi latrati, e poi il suo sguardo quando si sarebbe trovato di fronte la bocca nera della rivoltella. Si sarebbe visto, allora, da che parte stava la forza. Di cretini, di bruti, di bastardi, ne aveva conosciuti tanti. Pochissimi erano quelli che avevano osato picchiarla davvero. Ma tutti, a modo loro, perché erano più forti, sempre arrabbiati, e si sentivano in diritto di farlo, tutti l'avevano messa in riga. Grazie alla rivoltella avrebbe detto stop al solito andazzo. Era determinata. Se necessario, avrebbe premuto il grilletto.

Tuttavia con Thierry era rimasta a bocca asciutta. Un bel giorno lui non aveva più dato notizie di sé. Si era semplicemente volatilizzato dopo due mesi di relazione. Era un altro modo di essere stronzi, che però non meritava la morte.

Da allora la calibro .38 era sempre con lei, un peso nella borsa, presente e disponibile, una vera e propria compagnia. Grazie ad altri tutorial aveva anche imparato a pulirla. Certe sere, in cucina, la guardava fra le sue mani bianche. Era un'arma usata, e si chiedeva se qualcuno l'avesse già fatta sparare. Si chiedeva se quella cosa robusta e tozza come un bulldog avesse già spedito un uomo al tappeto. La impugnava e la puntava dritta verso il forno a incasso che le rimandava l'esaltante riflesso di un'assassina. Una pressione sul grilletto, un tremito dell'indice, il cane si sollevava, e scattava un colpo secco, a vuoto, con un *clic* freddo e metallico. Allora le passava nelle spalle, nella gola e tra i seni un brivido delizioso. Quell'acquisto segnava senza dubbio una svolta. Si chiedeva per quale motivo avesse aspettato tanto: perché la storia ambigua dei suoi rapporti con gli uomini risaliva a tanto tempo prima. A suo padre, a pensarci bene. L'amore, e la paura, fin dal principio. I suoi cugini, e in seguito i palpeggiamenti. E poi, verso i tredici anni, erano successe delle cose, prima le gambe, tutto a un tratto, e a seguire il culo, il seno, tutto l'armamentario. Da quel momento i ragazzi avevano assunto un ruolo pazzesco nella sua esistenza. Non aveva mai fatto il conto preciso, ma di sicuro non si era annoiata. Aveva cercato e subito, contemporaneamente.

Anni dopo, quando il sabato Rose andava a pranzo dai genitori, era buffo sentire sua madre dirle la figlia degli Humbert se li è passati proprio tutti. Oppure: quella lì aveva il diavolo in corpo. Se avesse saputo... Rose prendeva un altro po' di sformato e ripensava a quei vecchi appuntamenti di nascosto, nei boschi, al pianoro di Brabois, in auto gelide o vicino al campo da calcio, sdraiata sul prato, l'odore di terra e di erba bagnata. Ricordava mani che frugavano, piaceri rubati, il suo ventre affamato. E certi deficienti che non capivano quando gli dicevi di no. Ai tempi aveva sempre creduto che la colpa fosse sua. Dato che pomiciava, doveva pur pagare lo scotto del piacere con la moneta del rischio. Due volte la faccenda si era conclusa con un ceffone, le mutandine spiegazzate, e poi il tizio aveva fatto quello che voleva fare, piuttosto in fretta, era stato spiacevole e passeggero. Dopo l'aveva riaccompagnata a casa, ciao, ciao, niente scenate. In camera sua, da sola, Rose non si era detta mi sono fatta violentare. Non si era detta un bel niente. Aveva pianto a lungo nel cuscino e si era addormentata con la testa pesante, senza neanche struccarsi. Nel giro di una settimana pensava ad altro. Eppure quella cosa restava sempre lì, come un acufene, un ronzio interminabile.

Quella sera al Royal, Marie-Jeanne non fece molti affari ma non ebbe modo di insistere sulla questione. Verso le undici, mentre il bar si svuotava, si presentarono una decina di liceali, discretamente sbronzi, di sicuro minorenni e gasatissimi. Erano in maschera, truccati, alcuni coperti di farina.

«Ehi! Ehi!» disse Fred vedendoli accalcarsi intorno al bancone. «Cos'è questa cagnara?»

«Oste!» gridò un tizio con una parrucca arancione, e dando una gran manata aggiunse: «Abbiamo sete!»

«Sì, be', stiamo per chiudere... Oh! Mi sentite?»

Si venne a sapere che quei ragazzini, all'ultimo anno di un liceo privato della zona, stavano festeggiando i cento giorni. Avevano gironzolato per la città fin dal mattino, sbevazzato qua e là, riempito le strade di coriandoli, e si erano fatti inseguire da poliziotti non troppo zelanti. La giornata stava arrivando alla fine, e l'indomani avrebbero dovuto ricominciare con la solita solfa, i ripassi, la maturità all'orizzonte, i genitori e le loro minacce rispetto alla promozione. Prima, ci tenevano a un'ultima bevuta. Avevano deciso di mettere in comune i soldi. Li appoggiarono sul bancone.

«No, si chiude» ripeté Fred, che a mani tese faceva il gesto di ricacciarli in strada.

«Ma dai, signore!»

«Possiamo pagare!»

«Non c'è problema.»

Fred picchiettava l'indice sull'orologio, inflessibile, era ora. Invece Rose e Marie-Jeanne, con i gomiti sul bancone, osservavano la scena con tenera indulgenza. Una liceale rotondetta, bionda finta, le fissava intontita. Marie-Jeanne decise di prendere in mano la situazione: «Forza, un giro per tutti!» esclamò in tono autorevole.

«Cosa?» si allarmò Fred.

E i ragazzini le fecero eco all'unisono: «Un giro per tutti!»

Poi cominciarono a strillare e a battere ritmicamente sul pavimento, sui tavolini e sul bancone istigando gli ultimi clienti, che fecero fronte comune contro il gestore del bar. A poco a poco l'entusiasmo degli adolescenti contagiò l'ambiente. Marie-Jeanne fece un fischio con le dita: «Ehi!»

Ci fu un attimo di tregua. Tutti si girarono verso di lei. Con aria severa, alzando un indice professorale, Marie-Jeanne ordinò: «Un giro e basta. Ok?»

La proposta venne accettata subito. Furono consegnati i soldi. Fu versata la birra. Allora le conversazioni ripresero dieci volte più briose. Gli adolescenti si mescolavano agli adulti. Si parlava di tutto e di niente. Nessuno ascoltava. Ma quell'ultimo giro concesso da Fred finì presto e i bevitori lo supplicarono subito di fare il bis. Lui cominciò a sbraitare. Da un momento all'altro potevano arrivare gli sbirri e levargli la licenza. Già gli rompevano le palle per il rumore e per gli spacciatori di maria. Dovevano togliersi dai piedi, e in fretta.

«Dai, piantala» disse Rose, che cominciava a essere sbronza. «Cosa vuoi che vengano a fare qui, gli sbirri. Di giovedì, per di più...»

«È tardi, sono stanco morto, chiudo. Punto.»

«Fred, cazzo, per una volta che ci divertiamo.»

Alla fine, malvolentieri, lui distribuì dei bicchieri di plastica e tirò fuori un Côte-du-Rhône in cartone che riservava al consumo personale. Il coso era mezzo vuoto e non sarebbe durato a lungo. Sembrava un buon compromesso.

«Poi basta» assicurò Fred. «Qualunque cosa succeda, io chiudo.»

Il cartone conteneva un pungente liquido viola che aggrediva la lingua e raddoppiava la sete. Furono fatti altri brindisi, soprattutto alla salute di Fred, che stentava sempre più a mostrarsi di malumore. Poi il Keuss cominciò a cantare e lo ascoltarono distrattamente. In passato aveva fatto parte di un piccolo gruppo rock locale la cui specialità erano le cover degli Indochine e dei Depeche Mode. Alla fine degli anni Ottanta avevano venduto duecento copie di un album con dodici canzoni originali. Rose ricordava ancora la copertina. All'epoca il Keuss aveva dei capelli fantastici, una canottiera nera, braccia nervose e pallide, occhi sottolineati con il kajal che gli davano un'ambigua aria da efebo tipica della New Wave. Trent'anni dopo restava quel grosso tizio con la voce rauca, la camicia aperta su un torace glabro, che urlava il vecchio ritornello anarchico «*Mort aux vaches, mort aux condés*». Appollaiata sul suo sgabello, le gambe accavallate, il bicchiere di plastica alle labbra, Rose pensava che la loro gioventù era lontanissima.

I festeggiamenti continuarono in un'allegra confusione amnesica. I ragazzini non avevano fretta di tornarsene a casa. Gli adulti ancora meno. Di tanto in tanto Rose dava un'occhiata all'orologio appeso al muro e si diceva al diavolo. A poco a poco la serata si era trasformata in una festa vera e propria e l'alcol aveva avvolto tutto nel suo lenzuolo di eterno presente. Ormai solo i cessi offrivano un angolo di lucidità. Quando Fred acconsentì ad aprire un altro cartone di vino venne acclamato, e tutto sembrò possibile, persino tirare l'alba.

In quel momento, qualcosa fuori si spezzò. Tutti si guardarono. Non era niente di preciso, uno strappo nel tessuto dell'istante, ma trenta corpi si erano immobilizzati subito, la gioia spazzata via di colpo. I secondi caddero come gocce d'acqua in un lavandino di metallo. Ognuno aspettava che cosa sarebbe successo dopo, la schiena irrigidita, pensando senza osare dirlo al Bataclan, a quegli avvenimenti incredibili che in tutto il mondo trasformavano in un attimo dei luoghi di piacere in mattatoi. Alla fine un liceale azzardò: «Cos'era? Avete sentito?»

«Sarà stata una macchina» disse Fred.

Subito, come per dargli ragione, nella strada vicina montò il ruggito di una grossa cilindrata. Dentro il bar i bevitori sorrisero, rassicurati nel sentire quel rombo di tuono, quel rumore civile, identificato, quasi naturale. Seguì un ampio dispiegarsi del rumore, poi il suo progressivo dissolversi oltre avenue Jeanne d'Arc, dalla parte della superstrada, laggiù verso sud.

«V8» disse uno che se ne intendeva.

«Mi pareva, infatti» disse un altro.

I clienti non ebbero modo di approfondire. La porta del Royal si stava aprendo su un uomo che teneva fra le braccia una forma floscia; all'inizio la scambiarono per uno straccio, uno spesso asciugamano gocciolante. L'uomo fece altri due passi e a tutti venne un nodo allo stomaco. Qualcuno lanciò un gemito.

«Mio Dio» disse Marie-Jeanne stringendo il braccio di Rose.

Lo straccio, in realtà, era un animale. Un cane, gravemente ferito, che penzolava. Perdeva sangue dalla bocca aperta. La gabbia toracica si sollevava in un ansito precipitoso. L'uomo avanzò ancora e il cane si lamentò. Lui reggeva il corpo piuttosto in alto, all'altezza del petto, perché tutti potessero vedere bene. Come se li prendesse a testimone.

«Cos'è successo?» chiese Marie-Jeanne.

Intorno l'ebbrezza stava svanendo velocemente e le facce avevano un'espressione dolente e imbarazzata. L'uomo era alto, aveva i capelli corti e radi, e sul davanti la camicia era intrisa di sangue. Appoggiò un ginocchio a terra e depose la povera bestia sul pavimento. Metteva in ogni gesto una delicatezza quasi angosciosa. L'animale continuava ad ansimare. Il suo occhio nero e liquido si guardava intorno cercando dei volti.

«Cos'è successo?» ripeté Marie-Jeanne, che intanto si era fatta avanti.

Si inginocchiò anche lei e tese una mano verso l'animale che aveva abbassato le belle orecchie appuntite, ma l'uomo la trattenne afferrandole il polso. Marie-Jeanne guardò il suo viso asciutto dalle guance allungate. La bocca socchiusa lasciava intravedere incisivi forti, di uno scintillio ingiallito dal tabacco. Uno era un po' storto e quel difetto, per contrasto, dava al resto della faccia un'inquietante densità plastica.

«L'ha investita una macchina» disse.

In tutta quella scena c'era qualcosa di insostenibile. L'uomo in ginocchio, l'ebbrezza e la luce livida del Royal, il terribile silenzio della strada, l'animale che stava crepando, quella mano che stringeva un polso. Alla fine l'uomo lasciò Marie-Jeanne, e lei si rese conto che le aveva fatto male. Anche Rose si era avvicinata e si sentiva rivoltare lo stomaco. Sul pavimento avevano cominciato a spandersi le viscere del cane, il sangue, organi dai colori umidi, una disgustosa massa di interiora che palpitava di un residuo di vita.

«Bisogna chiamare gli sbirri» disse qualcuno.

Nessuno raccolse.

«Soffre» disse l'uomo.

La povera bestia restava immobile, sempre più docile, il corpo percorso da un respiro dolorante e rapido. L'uomo non osava toccarla. Ripeté che la sua cagna soffriva. Lui non era da meno.

«Che si fa?» chiese Rose.

«Non c'è niente da fare» rispose l'uomo. «Sta per morire.»

Da quando era entrato nel bar erano passati meno di due minuti. Ma già sembrava un tempo orrendamente lungo. I liceali avevano facce stremate e alcuni cercavano con gli occhi l'uscita. Anche Fred si era piazzato sopra il corpo sventrato. E dire che pensava di aver visto tutto.

«Come si chiama?»

«Lola.»

L'uomo sfiorò il pelo scuro della cagna. Aveva belle mani. Sotto la pelle si distinguevano il movimento dei tendini, il tracciato delle vene blu. La bestia fece un singulto e vomitò un po' di sangue. In disparte, una ragazza scoppiò a piangere.

«Non si può lasciarla così» disse Marie-Jeanne.

Rose era d'accordo. Tornò al bancone, su cui aveva posato la borsa. La aprì, ci guardò dentro e impugnò la rivoltella. Intorno, gli altri indietreggiarono con uno strano mormorio al tempo stesso indeciso e di rimprovero. Ma non fecero in tempo ad agitarsi più di tanto. Rose si era già riavvicinata alla cagna. Puntò la canna verso la sua testa, il colpo partì, e fu tutto.

Ognuno di loro, certo, aveva sentito centinaia di volte degli spari in tv. Quello, in confronto, sembrò deludente. Era un modesto schiocco nasale, che però lasciava intorpidito l'orecchio. Sul pavimento, l'animale non respirava più. Intorno alla testa aveva cominciato ad allargarsi un'aureola di un bel rosso scuro. L'uomo gli fece un'ultima carezza lenta fra le orecchie, sul collo, poi alzò gli occhi su Rose. Con un cenno del capo, la ringraziò.

Si chiamava Luc.

Parte seconda

Tutto sommato le cose si erano mosse in fretta. Due giorni dopo l'incidente al Royal aveva ricevuto una telefonata. Stava leggendo *Paris Match* nella sala d'aspetto del dentista quando il cellulare aveva cominciato a suonare.

«Sì, pronto?»

«Sono Luc.»

Lì per lì quel nome non le aveva detto granché. Sulle ginocchia, *Paris Match* sgranava la sua partita di foto scontate. In particolare, la rivista dedicava un lungo servizio ai coniugi Macron. Nel complesso ricordava un po' un album delle vacanze. Rose non si interessava tanto di politica, ma le piaceva molto il nuovo presidente, che era giovane, sicuro di sé e sempre innamorato di sua moglie. Una bella differenza rispetto a quei poveracci che, arrivati alla quarantina, avevano un'unica fregola: mollare la madre dei loro figli per riaccasarsi insieme a una ragazzina con la pancia piatta. Lei e Marie-Jeanne avevano soprannominato affettuosamente la first lady "Bribri". Ne parlavano come di una star da reality. Perlomeno quella strana coppia permetteva di non pensare ad altre verità politiche meno ammissibili. I Macron erano carini e beneducati; Rose si accontentava di questo.

«Luc chi?»

«Non ricorda? Era mia la cagna che è stata investita, l'altra sera.»

Rose aveva sentito una vampata di calore salirle dallo stomaco fino alle guance. Senza chiedere il permesso agli altri pazienti in attesa, aveva aperto la finestra per far entrare un po' d'aria. Poi si era allontanata per proseguire la conversazione al riparo da orecchie indiscrete. Luc voleva rivederla. Lei aveva detto perché no. Quando il dentista l'aveva chiamata, aveva ancora gli occhi persi nel vuoto.

Per cominciare, Luc l'aveva invitata a bere qualcosa in place Stanislas, un classico. Faceva caldo, era una sera di maggio, ed entrambi si erano trovati un po' scemi, tutti in tiro, imbarazzati e muti tra la folla dei cinquantenni di successo e dei cretini del centro.

«Non sono più molto abituato» aveva detto Luc.

«Neanche io.»

Su questo Rose non era stata del tutto onesta. L'inverno precedente, stanca di dormire da sola nel suo lettone, aveva aperto un account su Adopte e su Meetic. Per le donne era gratis, bastava postare una foto, creare il profilo, amo i viaggi, la cucina, passare bei momenti in famiglia e i film di Louis de Funès, e poi definire in modo più o meno preciso le proprie aspettative. Rose aveva scritto: «Cerco un uomo aperto, disponibile, minimo 1,80 (mi piace portare i tacchi alti), che ami la natura, gli animali, restare a letto fino a tardi, andare a vedere un buon film o bere qualcosa al tavolino di un caffè. Uomini a caccia, sposati e sfigati di altro genere: astenersi.»

Una volta messo a punto il profilo, aveva passato qualche serata al computer invece di andare al Royal, armandosi comunque di una bottiglia di porto a farle compagnia. Erano buffi tutti quei tizi che sfilavano sullo schermo. Ce n'erano di piccoli, bruni, calvi, giovani, molti in posa davanti all'auto, o a torso nudo, quasi tutti buzzurri, morti di fame con i capelli pieni di gel, eterni scapoli e perlopiù semianalfabeti, originali come barattoli di conserva, raramente capaci di distinguere il dimostrativo dal possessivo, desiderosi di scopare e pronti a tutto per portarsi a letto una donna pronta all'uso. E fra quelli bisognava scegliere chi mettere nel carrello. Un tale ti mandava un *clic*, un like, un cuore, o comunque si chiami quella supplica digitale, e se ti andava potevi avviare la conversazione. Due volte su tre Rose stoppava il colloquio dopo un convenzionale «come ti *và*?» o un piccolo complimento che puzzava di copia-incolla a chilometri di distanza. Ma ogni tanto capitava che si presentasse un tipo passabile. Allora si poteva chiacchierare. Timidamente, all'inizio. E poi, con l'aiuto del porto, la cosa si faceva abbastanza spinta. Durante quelle conversazioni in rete Rose aveva ridacchiato molto e si era persino accarezzata un po' a letto.

Nonostante la sua età molti avevano voluto incontrarla, il che tutto sommato era rassicurante e lusinghiero. Ma la scoperta di quel mondo del *dating* online le aveva lasciato un'impressione sgradevole. Le carestie attuali non erano più il risultato di cattivi raccolti o dell'aggiotaggio sui prezzi del frumento. Oggi si aveva fame d'amore, di sesso, di un'altra persona sempre introvabile e di conseguenza monetizzata. Perché le persone erano sole, tutte prese dal lavoro, dalla loro esistenza produttiva e frettolosa. Tutti divorziati a quarant'anni, dipendenti dalla scopata, dagli schermi, trapiantati in città sconosciute, divorati dalla frenesia di un cambiamento perpetuo che si estendeva fino ai loro idilli, alla fine si ritrovavano a digitare sul computer, la sera tardi, a letto, con la speranza che un ipotetico appuntamento sarebbe venuto a salvarli. Quelle innumerevoli solitudini, negate a colpi di acquisti online e talk show, erano il tessuto stesso dei social e della modernità. Costituivano il giacimento aurifero del nostro tempo. Su quell'accozzaglia di distanze e di sconforto, prosperavano Google, Apple, Facebook e Amazon. Da quell'infelicità diffusa scaturivano miliardi di dollari.

Rose aveva accettato qualche appuntamento, tutti deludenti. Eppure, a parte un pompiere che si credeva in diritto di trombarsela perché le aveva offerto un couscous royal e una bottiglia di vino marocchino, quegli uomini si erano dimostrati piuttosto amabili e dolci. Esattamente quello che voleva lei, sulla carta. Solo che la annoiavano. Quando parlavano del loro lavoro, della ex moglie, dei figli, oppure le facevano domande sui suoi hobby, la mente di Rose cominciava subito a vagabondare. Le veniva una gran sete. Vuotava il bicchiere. Arrivava la voglia di berne un altro. Bisognava darci un taglio. Il poveraccio si sentiva dire benissimo, sono stanca, una stretta di mano e poi la guardava andarsene, con le sue belle gambe, la linea dei fianchi, quella strana donna sciupata e sexy. Una stronza, in realtà.

Ben presto Rose aveva deciso di piantarla. I suoi profili digitali continuavano a esistere senza di lei. Di tanto in tanto riceveva una notifica nella casella di posta elettronica. Charlizangel ha visitato il tuo profilo. Denis54 ti ha inviato un like. Che tristezza...

Con Luc, invece, era scattato subito qualcosa. Eppure non era un chiacchierone. E

Rose non si era particolarmente sforzata di mantenere viva la conversazione. Le bastava guardarlo per sapere. Le persone che ci piacciono hanno sempre quell'aspetto familiare, quell'aria da oggetto fragile e prezioso. Era più alto di quanto ricordasse, magro, ma con le spalle larghe e le mani massicce, mani da lavoro, consumate, che le toccavano il cuore. Si era chiesta che età potesse avere. Quasi cinquanta, probabilmente. I capelli erano perlopiù grigi, ma così corti che era difficile rendersene bene conto. Sulle guance, sulle pinne del naso affioravano venuzze viola che gli davano un bel colorito se non guardavi troppo da vicino. Per il resto indossava jeans e una polo nera, scarpe buone per tutte le occasioni, e nulla permetteva di farsi un'idea precisa del suo mestiere, se guadagnasse bene oppure no. Comunque, si vedeva che il suo era un abbigliamento vissuto. Dopo un po', Luc aveva cambiato posto per andare a sedersi accanto a lei. Così avrebbe potuto godersi anche lui l'andirivieni in piazza.

«Mi piace guardare la gente.»

«Sì. Anche a me. È parlarci che è più palloso.»

Rose aveva sorriso. Aveva sempre avuto un debole per i burberi, i reticenti. Suo padre era un tipo così. Suo fratello anche. Perlomeno, sapevi che cosa aspettarti con loro.

Più tardi era venuta fame a tutti e due, e Luc aveva dovuto mettersi gli occhiali per leggere il menu. Rose aveva scelto un'insalata, come faceva sempre quando voleva dare un'immagine favorevole di sé.

«Non preferirebbe una bistecca? L'insalata è deprimente, no?»

Perciò avevano ordinato due bistecche al sangue, con patatine fritte e una bottiglia di Syrah. Avevano mangiato di gusto e bevuto senza fretta. Dopo aver vuotato il piatto, Luc aveva cominciato a saccheggiare il cestino del pane. L'aveva fatto fuori tutto.

«Quando sono nervoso tendo a mangiare.»

«Capisco.»

«Non le ho nemmeno chiesto che cosa fa nella vita.»

«Bah!» aveva risposto Rose con un gesto evasivo.

Comunque, aveva dovuto precisare in che cosa consistesse il lavoro di una segretaria di direzione in uno studio di commercialisti. Quanto a Luc, si era limitato a dire: «Io lavoricchio qua e là.»

Rose ci aveva messo due settimane buone per capire che cosa significasse lavoricchiare. In realtà Luc acquistava case malconce, vecchi appartamenti, ex locali commerciali, e li ristrutturava per trasformarli in loft o in pentalocali con tutti i comfort. Se la cavava così, con due tizi che pagava quasi esclusivamente in nero. Aveva un'Audi Q7. Ufficialmente era un agente immobiliare.

Dopo la cena, che Luc aveva pagato in contanti, avevano fatto un giro nel centro storico. Lui con le mani in tasca. Lei aggrappata alla tracolla della borsa. La città era piena di ragazzi sbronzi, i tavolini fuori dai caffè erano affollati, i loro passi riecheggiavano nello stretto canyon delle vecchie vie medievali. Avevano bighellonato senza parlare molto. L'aria della sera induceva alla pigrizia. A tutti e due frullava per la testa la medesima idea. Avevano voglia di bere.

«Potremmo farci una birra, e poi la accompagno a casa.»

«Non osavo chiederglielo.»

Perciò erano finiti in un bar fuori mano, vicino a Porte Désilles, con due tavolini sul marciapiede e un calciobalilla in fondo alla sala. Avevano ordinato una Stella piccola, era a malapena alcol.

«Giusto un bicchiere e si torna a casa.»

«Cin.»

«Cin.»

Al primo ne erano seguiti altri. Luc e Rose erano buoni bevitori. Non facevano commenti su quanto bevevano. Non diventavano di colpo allegri, improvvisamente sfrenati dall'ebbrezza. Non litigavano per il conto. Non si mescolavano agli altri clienti. Si limitavano a vuotare i bicchieri e imparavano a conoscersi. Ben presto era diventato inevitabile darsi del tu. Avevano parlato della cagna di Luc. Avevano parlato della rivoltella di Rose.

«E giri sempre con questo ferro?»

«Più o meno.»

«Ma perché?»

«Per difendermi.»

Luc aveva fatto una smorfia, ma senza commentare. Alla fine era stata Rose a riprendere la parola. C'era qualcosa che la rodeva da quel famoso giorno al Royal.

«Lola è un nome strano per un cane.»

«Un'idea di mia moglie.»

«Sei stato sposato?»

«Sì.»

«Per tanto tempo?»

«Più di vent'anni. Tra l'altro lei vive poco lontano da qui. Con uno dei miei vecchi amici.»

«Ah, strano.»

Come capita spesso in questi casi, avevano

finito per scoprire di avere un sacco di cose in comune. Entrambi abitavano da soli, gli piaceva bere senza che qualcuno avesse da ridire, e dormire di traverso sul letto. Trovavano che fosse sbagliato viaggiare ai quattro angoli del mondo quando vivevi in un paese così bello. Amavano le escursioni a piedi, guardare vecchi film con Jean Gabin o Lino Ventura e rimpiangevano che fossero state ridotte le puntate di *Thalassa – Avventure estreme*, per una volta che in tv c'era qualcosa di buono. Si ricordavano delle lavagne, dei grembiuli di scuola e condividevano il presentimento che i bambini attuali si sarebbero rincretiniti tutti quanti a furia di passare il tempo davanti a uno schermo. Erano stati di sinistra e poi più niente. Avevano avuto dei figli che erano diventati grandi e ormai telefonavano solo due o tre volte l'anno, per gli auguri di Natale, la festa della mamma, cavolate di questo genere. Dopo il divorzio avevano cercato di riaccasarsi, senza grande successo, e retrospettivamente i loro tentativi avevano assunto una coloritura umoristica, con ogni fallimento trasformato in un aneddoto che faceva ridere gli amici. Alla lunga, si erano convinti che forse per loro era finita, che il loro turno era passato, che ormai avrebbero dovuto accontentarsi di tirare avanti, con qualche soddisfazione marginale. E si erano ritrovati lì, occhi negli occhi, a dimostrazione che invece restava da vivere, comunque.

In ogni caso Luc non era molto loquace, e Rose aveva dovuto sobbarcarsi il grosso del lavoro per mandare avanti la conversazione. Ma era abituata, ed era meglio che avere a che fare con un buon parlatore. Alla fine, però, lui aveva preso l'iniziativa di proporle il bicchiere della staffa a casa sua. Abitava a circa venti chilometri dal centro, ma Rose aveva accettato lo stesso l'invito ed erano saliti sul suo imponente suv grigio. Malgrado il tasso alcolemico, Luc aveva guidato senza apparente difficoltà, fregandosene della polizia e degli autovelox. Peraltro, come molti tizi del suo genere riteneva che un certo numero di leggi in vigore non si applicassero a lui: in primis, quelle relative alla sua auto. E più in generale tutto ciò che riguardava l'alcol, il tabacco, i contributi o il fisco. Sui tornanti che li portavano a casa sua il potente veicolo aveva navigato pesantemente, trafiggendo l'oscurità con il suo sguardo bianco e dando un'impressione di sicurezza totale, un senso di privilegio al quale Rose aveva subito aderito. Per di più, accendendo l'autoradio si erano imbattuti in quella canzone che le piaceva così tanto, *Le jour se lève, la nuit pâlit, les chasseurs et les chiens ont faim*, era un buon segno. L'aveva ascoltata in silenzio, con gli occhi persi in lontananza, in preda a quella deliziosa apprensione che accompagna gli inizi. Si chiedeva in che tipo di casa potesse vivere Luc. Non era rimasta delusa.

Luc aveva scovato una vecchia fattoria isolata, composta da due corpi di fabbrica ad angolo retto. L'aveva ristrutturata spendendo parecchio e aveva aperto nei muri delle ampie vetrate che inondavano le stanze dai soffitti alti di luce, o di buio, come in quel momento. Della ghiaia bianca delineava i percorsi sul prato impeccabile, che scendeva verso un frutteto dove crescevano i prugni. Al di là, alberi più imponenti formavano una rasserenante muraglia. Avresti detto che non ci fossero vicini. Scendendo dal Q7, Rose aveva cominciato a tremare.

«Hai freddo?»

«Un po'.»

«Vieni.»

Erano passati dal garage, e una volta in salotto Luc le aveva chiesto che cosa volesse bere. Stava in piedi davanti a lei, senza timidezza né un particolare calore. Ora Rose non era più così sicura delle proprie intenzioni. Lo trovava bello. Aveva al tempo stesso fretta e paura.

«Acqua.»

«Frizzante?»

«Sì, benissimo.»

Luc, invece, si era versato una Coca con ghiaccio e, fianco a fianco, avevano vuotato i bicchieri, senza saper bene da dove cominciare. Rose ripensava alla propria pancia, e al seno che lui avrebbe visto. Temeva quel bagliore bianco della nudità. Di solito, quando le capitava di portarsi a casa qualcuno, aveva la sua routine. Un bacio in salotto e trascinava il tizio in camera. Lì gli abat-jour le offrivano protezione. Lo spogliava in fretta, glielo succhiava un po', poi si toglieva i vestiti. Quello che succedeva in seguito era sempre parcellare, indistinto, chiuso fra la penombra, le lenzuola e i loro gesti. Quando avevano finito, lei si avvolgeva nel lenzuolo e filava in bagno a mettersi l'accappatoio. Per il resto preferiva dormire da sola e di rado i tizi si facevano pregare per tornarsene a casa loro una volta ottenuto ciò che volevano.

A casa di Luc, invece, non aveva lei l'iniziativa. Perciò si era limitata a bere la Perrier scambiando discorsi banali con il suo ospite. In effetti, doveva ammetterlo, la vita in campagna aveva dei lati positivi. Bastava guardarsi intorno: quel silenzio, e lo spazio a disposizione, senza contare il verde. Il problema era abitare lì da sola, lei non avrebbe potuto. Il supermercato più vicino era a venti minuti, comunque. Dava da pensare. Luc annuiva a tutto, e a poco a poco la conversazione si era spenta, come un fuoco sulla banchisa. Per fortuna erano passati a parlare del piccolo Grégory e Luc si era rianimato di colpo. Anche lui conosceva a memoria tutti i particolari. Peraltro, adorava guardare quella trasmissione dedicata ai casi criminali, *Faites entrer l'accusé*. Anche Rose, ovviamente! E si erano ritrovati nella condivisione di quella strana curiosità per le ordinarie nefandezze.

«Non so che cosa mi attiri, in quelle cose, è più forte di me.»

«Idem» aveva detto Luc. «Pensi sempre che potrebbe capitare a chiunque.»

«È vero.»

«Del resto, a quanto pare un mio prozio è finito in una colonia penale.»

Rose aveva riso.

«Ma dai!»

«Sì. Ho persino recuperato gli articoli dell'epoca. È quasi un motivo di orgoglio, in famiglia.»

Poi avevano sgranato quei nomi che erano come lasciapassare fra appassionati dell'argomento. Francis Heaulme, Simone Weber. I coniugi Flactif. Gli scomparsi di Mourmelon. Marc Dutroux. Natascha Kampusch.

«Sì!» aveva esclamato Rose, estasiata.

«E la piccola Estelle.»

A quel punto la sensazione di aver fatto uno sbaglio li aveva zittiti. La faccia di quella bambina aveva occupato ossessivamente tutte le vetrine del paese. Nelle macellerie, nei saloni da parrucchiere, alle fermate degli autobus era sempre lo stesso pallore, lo stesso golf rosso e la fossetta sul mento. Rose si era chiesta cento volte che ne fosse stato di quel sorriso vecchio di vent'anni. E dire che bastava un minuto perché sul punto più prezioso della tua esistenza piombasse il vuoto.

«Bene...»

Luc aveva finito la Coca. Ora era in piedi di fronte a lei, il volto indistinguibile in controluce, le braccia lungo il corpo.

«Vieni?» disse.

Anche Rose si era alzata, lisciandosi la gonna prima di seguirlo in corridoio. Nella penombra Luc l'aveva presa per mano e lei si era lasciata dietro le scarpe col tacco. Si sentiva un po' stupida, si sentiva giovane, era contenta. Aveva stretto la mano di quell'uomo che la portava con sé, e lui le aveva restituito la stretta. Avrebbe voluto tirarla per le lunghe e al tempo stesso era impaziente, che assurdità, come a quindici anni, come a vent'anni, era meraviglioso e insopportabile. Ma di fronte alla camera da letto si era smontata. Là dentro tutto rimandava alla donna precedente, dalla testata imbottita del letto ai comodini di rattan passando per i ritratti a carboncino sulle pareti. Una cosa orribile.

«Negli ultimi tempi Carole si era data al disegno» aveva spiegato Luc. «Dovrei portare tutto in garage.»

Conciliante, Rose aveva detto che erano carini e aveva osservato incidentalmente che la firma dell'artista occupava uno spazio notevole.

Luc, invece, si era lasciato cadere sul letto e aveva cominciato a slacciarsi le stringhe. Poiché il doppio nodo faceva resistenza, alla fine si era tolto le scarpe afferrandole per il tallone. Rose lo aveva guardato armeggiare restando sulla soglia della stanza. Qualcosa lì dentro la bloccava.

«Non vieni?» aveva chiesto Luc.

«Sì...»

Ma non ci era riuscita.

«Abbiamo un'aria un po' scema, no?»

Luc si era guardato intorno. Gli oggetti, i mobili erano lì da troppo tempo, non li vedeva più. Aveva sorriso, poi aveva battuto qualche colpetto sulla trapunta, invitando Rose a sedersi. E quando lei aveva obbedito le aveva detto: «Ti riporto a casa.»

«Credo che sia meglio.»

«Ci rivediamo, comunque.»

«Ovvio» aveva risposto Rose, con una certa preoccupazione.

Entrambi avevano avuto storie d'amore, avventure senza un domani, figli, batoste, lutti. Erano maturi. Ma ormai i cinquanta rappresentavano un'età ambigua. Un tempo a cinquant'anni eri vecchio. E le ossa, le botte di stanchezza, le malattie già croniche, la pelle diventata secca, i capelli più radi li rendevano ben consapevoli che quella verità si manifestava tuttora nei loro corpi ormai arrivati a metà del cammino. Ma adesso che le famiglie andavano in pezzi e la vita si allungava in modo interminabile, i cinquanta assumevano anche l'aspetto di una seconda adolescenza. Luc e Rose erano a quel punto, si guardavano senza sapere bene come gestire quella nuova età della goffaggine. Erano diffidenti perché la felicità non faceva parte delle loro abitudini. Rose lo trovava sempre più bello. Glielo disse. Luc non le restituì il complimento, ma il suo sguardo bastava.

Già l'indomani Luc passò a prenderla all'uscita dal lavoro. Rose gli aveva chiesto di aspettare in disparte, vicino al Class'Croute, temendo un po' quello che avrebbero pensato i colleghi nel vederla salire sull'enorme suv di Luc. Ma la sede dell'ufficio non era poi così lontana e Nadia, l'assistente delle Risorse umane, li aveva visti comunque. Senza ammetterlo, Rose ne era stata felicissima. Quel giro in Q7 aveva l'aria di una promozione. Era pur sempre tanto di guadagnato.

«Cosa vuoi fare?» aveva chiesto Luc.

«Non saprei. Decidi tu.»

«Possiamo andare a bere qualcosa, se ti va.»

«Perché no.»

«Vuoi che torniamo al Royal?»

«Ah, no. Il Royal no.»

«Ok.»

Erano finiti al Prune, un locale vagamente trendy che aveva una clientela di belloni attempati con le Stan Smith e di pin-up con la frangia, di hipster sempre sorridenti e di avvocate con la manicure. Rose non ci metteva mai piede sostenendo che fosse un ritrovo di gente con la puzza sotto il naso. In realtà, i prezzi erano proibitivi e quella clientela la intimidiva. Luc, invece, conosceva bene il gestore. Del resto conosceva tutti. Ordinò una birra piccola e Rose osò un gin tonic. Costava dodici euro e Luc non ebbe niente da ridire. Gliene offrì addirittura altri due. L'ebbrezza del gin era deliziosa, soprattutto d'estate, e a Rose non ci volle molto per sentirsi del tutto a suo agio in quel posto per il quale solo due ore prima nutriva un'ambigua avversione. Appollaiata sul suo sgabello, si divertì a squadrare i clienti che andavano alla toilette e rise molto alle battute del gestore, che in fin dei conti era simpaticissimo e gli allungò un piatto di tapas gratis.

Più tardi, nell'Audi, Rose prese il viso di Luc fra le mani e lo baciò. Andarono subito da lei e scoparono sul suo letto, piuttosto male, sesso da sbronzi, sottotono e incompiuto. Perlomeno era fatta. La loro storia era cominciata.

Il giorno dopo Rose temette che Luc non la richiamasse, ma in pausa pranzo ebbe diritto alla sua telefonata. La sera stessa era di nuovo sullo sgabello del Prune. Gin tonic, sorrisi, bisbigli all'orecchio. Mangiarono di nuovo tapas e il gestore venne a fare quattro chiacchiere rivolgendosi quasi esclusivamente a Luc. Comunque a Rose, che non sapeva niente delle persone e degli argomenti di cui parlavano, quel ruolo di spettatrice non dispiaceva. Chiacchieravano dei soldi che facevano, dei successi e delle sfighe, dei sistemi per fare ancora più soldi. Rose scopriva che quel locale funzionava un po' come una camera di commercio. Si andava lì per passarsi contatti, buone dritte, accennare a eventuali società, fiutare la situazione del mercato, sapere che cosa macchinavano questi e quelli. Era soprattutto un modo per confrontarsi, per sapere chi fosse il più furbo, il più favorito dalla sorte, chi contasse davvero in quella cazzo di città. In quel gioco Luc sembrava mettersi in luce e Rose non poteva fare a meno di trarne una specie di orgoglio materno e geloso. Il successo di Luc diventava anche un po' suo. La avvolgeva come un profumo e ben presto non fece più distinzione fra quell'orgoglio e il proprio desiderio. Stringeva in mano il bicchiere e si infilava la cannuccia tra le labbra. Il gin tonic le pizzicava festosamente la lingua. Quella vita assomigliava in un certo senso a una vacanza.

E così Rose, che pure si era ripromessa di non cascarci più, si lasciò scivolare pian piano nella guaina paradossale della coppia. Ritrovò il comfort delle abitudini, dell'altro a cui dire le cose, dei pasti condivisi. Fece progetti a due. Riesumò l'arte così delicata della concessione. Imparò di nuovo a tener conto di interessi che non erano i suoi. A poco a poco entrò nella fregatura della dipendenza.

Ogni giorno Luc le telefonava all'ora di pranzo o poco dopo. Non si vedevano tutte le sere ma quasi, e trascorrevano insieme i weekend. Luc non aveva molti amici. Rose prese le distanze dai propri. Si accontentavano di stare fra loro, e di vaghi conoscenti che erano più che altro un contorno. Gli bastava il piacere di condividere le stesse idee su quasi tutto e quel gusto del bere. Rose amava in particolare le lunghe domeniche a casa di lui, all'ombra di un ciliegio. Passava il tempo a oziare su una sdraio guardando le scie sfumate che lasciavano nel cielo i voli a lunga percorrenza. Leggeva riviste, romanzi di Katherine Pancol o di Jean Teulé, e fumava sigarette light. In mano, un rinfrescante bicchiere di limonata con un goccio di vodka. Luc, che non stava mai fermo, aveva sempre qualcosa da fare in casa. Lo guardava armeggiare, da lontano, con le sue vecchie scarpe da tennis bianche, le sue polo Lacoste che comprava a cinque per volta e indossava in ogni occasione, sia per uscire sia per ridipingere le imposte. Di tanto in tanto andava a sedersi sull'erba vicino a lei, il tempo di bere una birra, poi tornava alle sue occupazioni. Le piaceva vederlo affaccendarsi così, alto alto, leggermente ingobbito, la pelle abbronzata, spingeva un tagliaerba o se ne stava appollaiato in cima a una scala. Quando arrivava la sera la raggiungeva, dopo aver fatto la doccia, con due birre messicane e le chiedeva che cosa avesse voglia di fare.

«Potremmo andare al ristorante» diceva Rose.

O al cinema, al casinò, al Prune, non importava. Luc non diceva mai di no. Offriva sempre lui. Era silenzioso e dolce. Insieme passavano dei bei momenti. Bevevano. Stavano bene.

In fondo, Rose vedeva un'unica ombra in quel quadro. A letto le cose non andavano mai alla grande, per via dell'alcol probabilmente, ma non solo. A ogni cilecca lei si dimostrava comprensiva. Gli diceva che non era un problema, ci avrebbero riprovato l'indomani. Ma la mattina dopo si svegliava con la testa pesante, la bocca impastata, e Luc si era già alzato. Al pianterreno la macchina Nespresso lanciava il suo barrito nasale. Lo ritrovava in cucina, rasato, vestito, con un buon profumo di vetiver.

«Dormito bene?»

Luc rispondeva di sì. Lei cercava un modo per affrontare la questione. Attraverso le vetrate poteva vedere il prato perfettamente curato, gli alberi da frutto, i cespugli di fiori che componevano il loro paesaggio da soap opera americana. Luc le aveva preparato un espresso doppio senza zucchero. Lei rimandava il discorso.

Tuttavia, una sera in cui prendeva un aperitivo a casa di Marie-Jeanne, non riuscì a fare a meno di vuotare il sacco. Si frequentavano da oltre due mesi ormai. Le défaillance non potevano più essere considerate un'eccezione. Andava male.

«Ma scopate mai?»

«Sì, certo. Però non è questo, capisci.»

«In che senso?»

«Bah, non devo mica farti un disegno.»

«Non gli si rizza?»

«Sì. Ma non so. Non arriva mai fino in fondo, ecco.»

«Ah, cazzo...»

«Già.»

«Peccato, perché quel tizio ha davvero tutte le qualità, a parte questo.»

«Ci sto male, infatti.»

«Ne parlate almeno?»

«Figurati. Lui non dice niente. Non è proprio il tipo.»

«Forse è anche tutto quel bere.»

«Di sicuro non aiuta.»

A poco a poco l'idea si fece strada nella testa di Rose: lei e Luc avevano un problema con l'alcol. Ma per la prima volta dopo tanto tempo Rose guardava al futuro con un certo ottimismo. Si diceva che dopo anni passati a sbattersi era arrivato il suo momento. Aveva diritto a quella vita promessa dai romanzi e dalle riviste. Non se ne parlava di mandare tutto all'aria per una fissazione. In quel paesaggio rimesso a nuovo, l'alcol diventò la sua spina nel fianco. Decise di fare un esperimento.

Invitò Luc a cena da lei, tanto per cambiare. Per fare le cose come si deve chiese un giorno di permesso, un venerdì, cucinò tutta la mattina, andò dall'estetista e dal parrucchiere, inaugurò un vestito nuovo, nero, smanicato, con la lampo dietro. Era la fine di agosto. Si mise lo smalto alle unghie e si sforzò di non fumare troppo. Quando Luc suonò era tutto pronto, il risotto ai porcini, Rose, la camera da letto, il cocktail alla frutta in frigo.

Non appena la porta si aprì, Luc fiutò una manovra. Lei era tutta pimpante, con i tacchi alti in casa. Aveva acceso una candela profumata alla vaniglia. Quell'insieme non gli diceva nulla di buono.

«Festeggiamo qualcosa?»

«No, niente di speciale. Siediti.»

Luc si accomodò sul divano mentre Rose si affaccendava in cucina. Lui approfittò di quel momento di tregua per passare in rassegna l'ambiente. Era tutto pulito, ordinato, ogni cosa al suo posto, anche troppo. Quella sorta di precisione nell'arredamento era già un motivo per preoccuparsi, l'appartamento era stato preparato. Ma per cosa? Fortunatamente, dietro il televisore restava una grossa pianta verde, folta e mezzo collassata, che contraddiceva l'ordine circostante. Si alzò per guardarla meglio. Passò il pollice sulla superficie cerata delle foglie, chiedendosi se Rose fosse arrivata addirittura a spolverarle. Lei stava appunto tornando dalla cucina.

«Tieni» disse. «È frutta fresca.»

Aveva in mano due grandi bicchieri pieni di un liquido rosaceo e vellutato. Luc prese quello che gli tendeva e bevve un bel sorso. Era buono. Glielo comunicò con un breve cenno del capo.

«Che cos'è?»

Rose enumerò i frutti che componevano la mistura: fragola, guava, arancia, kiwi, banana, e una carota. Senza dimenticare il ghiaccio tritato.

«Nient'altro?»

Nient'altro. Luc storse il naso, ma non replicò. Aspettava di vedere che cosa sarebbe successo. Quel giochetto continuò durante la cena. Con il risotto, neanche un goccio di vino. Solo acqua e bevande gassate. Perciò parlare diventava faticoso. Entrambi si sentivano intrappolati in un'attesa sgradevole. Luc inghiottiva nervosamente un boccone dopo l'altro. Rose esagerava con la giovialità, i sorrisi. Cominciò a chiedersi se la sua iniziativa non fosse una cavolata.

«È buono?»

«Sì.»

«Ti piace?»

«Ma sì.»

«Non c'è fretta, sai. Prenditela comoda.»

La forchetta rimase sospesa a mezz'aria.

Luc alzò gli occhi su di lei. Nel suo sguardo passò qualcosa che Rose riconobbe immediatamente. La masticazione riprese, una specie di movimento rotatorio. Continuava a guardarla, poi gli occhi tornarono al contenuto del piatto.

«Non volevo farti arrabbiare» disse Rose.

Subito rimpianse quella frase che le era uscita da sola, come dalla bocca di un automa.

Poche parole che la riportavano a mille altri pasti consumati nel timore della bufera. Le facevano venire in mente suo padre, e rapporti sbilanciati, uomini davanti ai quali bisognava appiattirsi, per paura e per istinto. Doveva farci i conti da quando era bambina, le loro sfuriate, la loro violenza sempre possibile, il loro ostinato dispotismo, il *la* che il loro umore dava alle vite delle famiglie. Si ricordava di suo padre che buttava a terra i piatti perché la minestra era troppo calda. Si ricordava di suo marito che si chiudeva per ore in garage a fare lavoretti, mentre lei si occupava dei bambini.

E poi gli altri, Éric, Serge, Christian o Benoît, tutti quei tizi teneri e intrattabili, con le loro certezze, le loro rabbie inveterate, ragazzini che facevano i capricci, in fondo. Tutto questo le tornava su a zaffate. Sentì un nodo alla gola e lasciò cadere le posate sul piatto. Urtando la ceramica, il metallo fece un rumore secco, e di nuovo Luc alzò gli occhi su di lei.

«Non ti pare che beviamo un po' troppo?»

«Di che parli?»

«Passiamo il tempo a uscire, a bere. Sono stufa.»

«Non avevo l'impressione che ti dispiacesse.»

«Non ho detto che mi dispiace. Ma ho voglia di qualcos'altro.»

«E di cosa hai voglia?»

Luc aveva sputato la domanda come se fosse stata un nocciolo amaro. Sembrava voler dire cosa speri, cosa credi? Punta sul vivo, Rose volle ferirlo.

«Di farmi scopare come Dio comanda, per esempio.»

La faccia di Luc si afflosciò e divenne livida. Uno sgradevole stridio sul pavimento della cucina, e la sua sedia cadde all'indietro. Luc era in piedi, con le labbra ridotte a un filo. Cercò di dire qualcosa ma la voce gli restò bloccata in gola, dovette deglutire prima di riuscire a chiedere: «Puoi ripetere?»

Rose sostenne il suo sguardo. Pensò alla borsa e alla rivoltella dentro. Era nell'armadio dell'ingresso. Contò i passi per arrivarci. Pensò a quella nuova vita che stava facendo. Chiuse gli occhi e sospirò.

«Non ho detto niente. Scusami.»

«Non parlarmi mai più in questo modo» disse Luc.

Ancora una volta era l'altro che, d'autorità, si arrogava la parola, il capolinea della conversazione. La mano di Rose si contrasse sulla forchetta, le ginocchia si toccarono sotto il tavolo, e lei fece del suo meglio per trattenere quella cosa che montava, pizzicandole il naso e gli occhi.

La cena si concluse in silenzio, nel tintinnio ospedaliero delle posate e delle stoviglie, poi Rose tirò fuori la torta dal forno. L'aveva preparata apposta, una crostata di pere con scaglie di mandorle, come piaceva a lui. La tagliò in sei fette uguali e servì Luc, prima di prendere una mezza fetta per sé.

Mangiarono velocemente, senza appetito. Eppure era deliziosa, con la pasta sottile, croccante, la frutta morbida e dolce. Avevano rovinato tutto, adesso era troppo tardi. Rose propose di prendere il caffè davanti alla tv e guardarono un reality, seduti fianco a fianco sul divano. Perlomeno, quella vita sullo schermo era semplice, i ruoli ben chiari, la posta in gioco di un'evidenza riposante. A poco a poco l'animosità si dissolse nel blu delle lagune. Dimenticarono il risentimento. Quando una giovane donna di nome Clotilde che nella vita era un medico di pronto soccorso vinse la prova immunità, Rose si buttò.

«Mi dispiace» disse. «Mi dispiace davvero e ti chiedo scusa.»

Luc si girò verso di lei e si scusò a sua volta. Aveva perso la calma. Era meglio dimenticare tutto. Una coppia ha bisogno di dolcezza quanto di amnesia. Nessun amore può sopravvivere all'archivio della memoria. Rose, con un certo sollievo, volle suggellare la pace riconquistata.

«Puoi versare qualcosa da bere, se ti va. Ho del vino, o del cognac.»

«Preferisco che andiamo a dormire» disse Luc.

«Di già?»

«Sì.»

«Qui?»

«Certo. Perché no?»

Non avevano mai dormito da lei, prima. La casa di Luc era molto più accogliente. In confronto, quell'appartamento sembrava un pied-à-terre. Tuttavia Rose intuiva che idea avesse in testa. Voleva lavare l'affronto, dimostrarle che si sbagliava. E poiché non avevano bevuto un goccio di alcol era l'occasione giusta, ora o mai più.

«Bene...» disse.

Prima di andare a letto Rose passò un bel po' di tempo in bagno. Poi raggiunse Luc, in camicia da notte, a piedi nudi sulla moquette. Lui la aspettava a letto, mani piatte sul lenzuolo color salmone. Era nudo, e aveva un'aria grave. Rose andò a sdraiarglisi accanto. Sulla parete di fronte, fotografie di famiglia raccontavano trent'anni di esistenza. Luc aveva aperto un po' la finestra con i doppi vetri e un refolo sollevava la sottile tenda di tulle. Il rumore della città in lontananza era così regolare che si finiva per confonderlo con il silenzio.

«Vuoi dormire?» fece Rose.

«No.»

«Forse dovremmo parlare.»

«Di cosa vuoi che parliamo?»

Rose lo sentiva lontano, chiuso, e sul suo bel volto allungato non ritrovava più i suoi punti di riferimento. Luc era tutto preso da se stesso, dal gesto che era in procinto di fare. Le disse: «Vieni.»

«Come?»

Lei sentì una mano che le stringeva un braccio e subito dopo Luc premette la bocca contro la sua. I loro denti si urtarono, con un rumore di ossa. Rose si irrigidì. Lui aveva infilato una mano fra loro, cercava il suo sesso. Ma Rose non aveva voglia. Serrò le cosce. Non aveva voglia di cedergli, di avvertire quel peso che l'avrebbe schiacciata. Troppo tardi. Luc le stava sopra, spingeva, la teneva ai fianchi e alla gola. Con un ginocchio si fece strada a forza, e Rose chiuse gli occhi. Sapeva bene come sarebbe andata a finire. Per un paio di minuti Luc si sfiancò senza arrivare a molto. Ben presto si arrese all'evidenza e rotolò di fianco. Era rosso, senza fiato. Lei non aveva fatto nulla per aiutarlo.

«Capita» disse Rose. «Non te la prendere.»

Fece appena in tempo a intuire il movimento e già la mano di Luc le piombava sulla faccia, di taglio, con tutta la forza. All'inizio non sentì altro che una specie di intorpidimento, ma riconobbe subito il sapore di rame in bocca. Si toccò la ferita sulle labbra, poi si guardò le dita. Non era quasi niente, un po' di colore sui polpastrelli, due gocce. E quell'impressione di una campana che le risuonava negli incisivi. Luc era già seduto sul bordo del letto. Si infilava i jeans. Rose si passò la lingua sul labbro inferiore mentre il dolore le invadeva il cranio. Poteva avvertire un minuscolo strappo nella carne della bocca. Inghiottì il sangue, assaporò meglio. La sensazione ricordava una caramella, con quel gusto dolce, mutevole, il pizzicore della ferita. Luc aveva già messo i mocassini, poi indossò la polo. In un attimo era vestito e uscì dalla camera senza una parola. Era stata una cosa così improvvisa che Rose rimase immobile per un momento, silenziosa, incapace di pensare. Seduta sul letto, si limitò ad ascoltare il silenzio che riempiva l'appartamento, senza azzardare un gesto, senza tremare né versare una lacrima. Quando fu proprio sicura che Luc aveva tagliato la corda, si alzò e andò nell'ingresso a recuperare la calibro .38 dalla borsa. Il contatto con l'arma la fece subito sentire benissimo. Tornata in camera, la appoggiò sul comodino. Quasi si augurava che lui osasse ripresentarsi.

Due giorni dopo Luc e Rose erano di nuovo faccia a faccia.

Eppure lei ne aveva parlato con Marie-Jeanne ed entrambe si erano trovate d'accordo, basta con quello stronzo. Nella cucina di Rose avevano rimescolato i loro brutti ricordi, parole di psicologi, casi e statistiche. Alla fine si tornava sempre lì. A un sunto degli uomini fatto di poche, semplici regole. Non bisognava ascoltarli. E nemmeno volerli cambiare. Né giocare all'infermiera. E anche i più affettuosi restavano degli animali, nel bene e nel male. Il loro punto di arrivo era la violenza.

Senonché Luc aveva telefonato a Rose, in ufficio questa volta, perché non potesse sottrarsi. Presa alla sprovvista, lei aveva risposto sì, no, sì, cercando di tagliare corto. Solo che Luc aveva pronunciato le parole magiche: L'Île Sobre.

L'Île Sobre era il miglior ristorante della città. Un grande edificio centenario in periferia, una cantina eccezionale e tre posate ai due lati del piatto. Rose non c'era mai stata, ma come tutti conosceva la fama del locale. Aveva visto delle foto su Facebook e letto una doppia pagina ditirambica su *Nancy Femmes*. Lo frequentavano tutti i notabili della zona e i calciatori del campionato di serie B. La sera soprattutto era un posto fantastico, esente, per fortuna, da quei miseri orpelli contemporanei che sono la musica ambient e le luci soffuse. Anche lo chef disdegnava le scorciatoie. Alla facilità delle spezie e dell'esotismo contrapponeva il culto delle materie prime, la conoscenza delle cotture, il dominio della competenza. In ogni caso, era quanto Rose aveva letto sul blog di un giornalista di *Le Figaro*, il quale decantava in particolare gli asparagi verdi affogati, il medaglione di coda di rospo e il consommé alla julienne di tartufi. Per avere un tavolo bisognava prenotare con settimane di anticipo, o conoscere la gente giusta, e soprattutto essere pronti a sborsare due o trecento euro a testa. Rose non riuscì a rifiutare quell'invito soprannaturale. Si viveva una volta sola, in fin dei conti.

Quando arrivò davanti al ristorante con la sua Fiat Punto il parcheggio era ancora quasi vuoto e individuò subito il suv di Luc. Posteggiò a debita distanza e lo lasciò avvicinare, mogio mogio, con un mazzo di fiori in mano.

«Buonasera.»

«Ciao.»

«Ti sei messa in tiro.»

Rose non raccolse. Avrebbe preferito non fare nessuno sforzo, ma aveva avuto paura di sfigurare in quel posto che comunque la intimidiva abbastanza. Perciò indossava i tacchi alti, un bel vestito bianco disseminato di motivi floreali, e aveva dedicato un quarto d'ora allo chignon. Luc le porse il mazzo di fiori e dopo un'esitazione Rose lo prese. In compenso, quando lui accennò a darle un bacio, lo dissuase all'istante con un'implacabile alzata del sopracciglio.

«Sono contento che tu sia qui, comunque» disse Luc.

«Immagino.»

«C'eri già stata?»

«Secondo te?»

Luc si accigliò. La serata iniziava sotto i migliori auspici.

«Vedrai» azzardò ancora, «è un bel posto.»

E in effetti, una volta dentro, si capiva meglio per quale motivo lo avessero chiamato Île Sobre, l'isola sobria. Il patio interno aveva una finta atmosfera da chiostro e, in quell'oasi di comfort, le impressioni sembravano smussarsi, attutite dall'illuminazione sapiente, dalle pieghe pesanti delle tovaglie, dal distanziamento ideale dei tavoli, persino dallo scricchiolio della ghiaia, sorprendentemente rotondo, quasi musicale. Per addolcire ancor di più l'umore, non appena si furono accomodati Luc ordinò due coppe di champagne. Arrivò la carta, e bevvero fingendo di consultarla. In realtà Rose occhieggiava i primi clienti che arrivavano a gruppetti di due o tre. Erano perlopiù persone anziane che si muovevano con lentezza, clienti abituali e sorridenti, nel loro ambiente. Nonostante le sue resistenze Rose non poteva fare a meno di invidiarli. Si consolava dicendosi che sarebbero morti prima di lei. Ma essendo la vita quella che è, non era neanche una certezza.

Ben presto i bicchieri furono vuoti e Luc ordinò una bottiglia. Per timidezza scelsero gli stessi piatti, il consommé e il civet al vino bianco. Da quel momento la freddezza calcolata di Rose si sciolse a poco a poco nel piacere che le suscitavano il cibo e il vino. Godeva soprattutto degli sforzi di Luc per mantenere viva la conversazione. Osò addirittura parlare di sua sorella, argomento di solito tabù. Lei gli aveva appena spillato centocinquanta euro e Rose deprecò per l'ennesima volta la sua disinvoltura. Eppure qualcosa tratteneva ancora Luc sull'orlo dell'argomento che li aveva portati lì. Tergiversava, e Rose si divertiva a vederlo annaspare così. Un po' prima del dessert, ormai stufa, decise di prendere il toro per le corna.

«Bene. Non mi avrai fatto venire qui per parlarmi del più e del meno.»

Subito la faccia di Luc si chiuse a doppia mandata, poi lui abbassò gli occhi.

«So di aver fatto una cazzata.»

«E?» replicò Rose.

Per lei la situazione stava diventando quasi piacevole. Lo guardava divincolarsi e intuiva tutto ciò che gli vorticava dentro, la confusione delle parole e delle contraddizioni, quel gomitolo di sentimenti, inestricabile a furia di silenzi. Alla lunga, la commuoveva. Il suo mutismo era di per sé la dimostrazione che la amava.

«Allora? Non dici niente?»

«Cosa ti aspetti da me?»

«Oh, non un granché.»

A quel punto arrivò il maître con i sorbetti. Nel patio si percepiva il dolce tintinnio delle stoviglie, a tratti una risata, il movimento rapido e sinuoso del servizio. Il cameriere pronunciò le parole guava, panna e *lemon curd*, poi Luc e Rose rimasero di nuovo soli.

«Cosa vuoi da me?» ripeté Luc, aggressivo. «Non so che dirti. Comunque, mica mi metterò in ginocchio.»

Rose si appoggiò una mano sul petto. Tutto a un tratto andava a fuoco, sempre più spesso soffriva di vampate, si svegliava in un bagno di sudore, con il cuore che batteva a precipizio. Fece un respiro profondo e l'incendio cessò.

«Ascoltami» disse. «Non sono più una ragazzina, ne ho viste troppe per lasciar correre qualunque cosa.»

Luc era d'accordo. Lo notificò chiudendo gli occhi.

«In ogni caso sono troppo vecchia per farmi rompere le palle da un poveretto.»

«Aspetta...»

«No. Il problema, con quelli come te, è che non parlate, ma nemmeno ascoltate. Magari ci amate. Ti guardo, adesso, così abbattuto, e mi dico: forse mi ama pure, il cretino.»

L'insulto divertì Luc e nel suo sguardo si accese un po' di luce.

«Ma a che serve? Più ci amate e peggio è. Ne ho abbastanza.»

Luc non batté ciglio, ma lei gli vide passare sulla faccia una specie di soffio d'aria. Si era alzato un velo, era stato quasi impercettibile, ma aveva potuto scorgere, al di sotto, qualcosa di sbriciolato, di infantile, un volto che non conosceva e che le strinse il cuore.

«Stop» dichiarò.

«In che senso?»

Lui aveva parlato a voce un po' troppo alta e, automaticamente, si guardò intorno preoccupato. Ma nessuno ci aveva fatto caso. Le persone continuavano tranquille a cenare, alle prese con le proprie faccende, drammi e soddisfazioni che anche loro si sforzavano di nascondere. Sul tavolo i sorbetti avevano cominciato a sciogliersi. Rose si accese una sigaretta.

«Senti, ho giurato a me stessa che non avrei mai più dovuto subire questo genere di cose. E non se ne parla di passarci sopra. Sarebbe troppo facile. Io non dimentico niente. E spero per te che non ci sia una prossima volta.»

Luc chiuse gli occhi e annuì. Rose avrebbe potuto chiarire le sue intenzioni con una frase, ma ritenne che bastava così. Pensava a quell'animale a cui aveva dato il colpo di grazia con la rivoltella, al Royal. Si diceva ecco, l'ho avvertito. Era decisa, questa volta.

Luc aprì una mano sul tavolo e i loro palmi si incontrarono. Non erano né giovani, né belli, né molto felici. Non avevano tutta la vita davanti. Erano un uomo e una donna, con i loro problemi di alcol, di soldi, le loro rughe e i loro coiti insoddisfacenti, le loro chiavi dell'auto e le medicine da prendere ai pasti, le loro sporche abitudini e le loro epopee di ricordi, le bollette su un tavolino dell'ingresso, il telecomando sul programma tv, cartelline colorate che contenevano trent'anni di scartoffie come riassunto delle loro fatiche. Un uomo e una donna, quanto c'è di più banale, di più necessario, una donna e un uomo che si tenevano la mano e credevano di capirsi. Non ci vuole altro per fare una coppia.

Parte terza

Arrivando davanti all'hotel, Rose ebbe subito una sensazione sgradevole. Eppure, a prima vista, il posto corrispondeva esattamente all'idea che se n'era fatta. E mentre il Q7 si fermava senza far rumore osservò le facciate interminabili e le lunghe siepi di arbusti che riprendevano il verde prezioso dei tetti. Nel parcheggio aveva contato tre Porsche e individuato due o tre auto ancora più vistose di cui non sapeva il nome. Avrebbe potuto chiedere a Luc, lui sfogliava *Turbo* tutte le domeniche. Ma preferì tacere. Un facchino gli andava incontro a passo svelto.

«Mica male, eh?» disse Luc.

«Già...»

Mentre qualcuno si occupava dei loro bagagli Rose cercò le cinque stelle promesse, ma non le vide, né sull'ampia porta a doppio battente, né sul tappeto che scendeva dai gradini d'ingresso, e nemmeno sull'uniforme del personale. Evidentemente l'Hotel Royal di Évian non reputava necessario sfoggiare quel segno di distinzione. Veniva da pensare che la sua clientela sapesse come stavano le cose. Poiché Luc la aspettava in cima alla scalinata accelerò, cosa tutt'altro che semplice con i tacchi, la borsa e il massiccio braccialetto d'oro che le pesava al polso sinistro. Un regalo di Luc, e anche il ricordo di una lite.

Alla reception il portiere confermò la prenotazione, una camera per tre notti, vista lago. Colazione dalle sette alle undici. Ristorante, bar, palestra, spa, lezioni di yoga. Luc fece qualche domanda e il portiere, un giovincello con i capelli impomatati che si era incipriato la zona T, rispose in modo esauriente. La sua imperturbabilità era di per sé un segno di lusso. Ciò nonostante Rose non riusciva a superare il suo disagio iniziale. Qualcosa la disturbava, ma che cosa? Non ebbe modo di soffermarsi oltre sulla questione. Una ragazza li invitava già a seguirla. Lungo il percorso verso la camera indicò loro come accedere ai servizi che aveva elencato il portiere. In ascensore ridiscese il silenzio. La ragazza li guardava con una cordialità di circostanza. La cabina filava da un piano all'altro. Sarebbe stato necessario dire qualcosa. La ragazza si immolò a quel sacrificio.

«Avete fatto buon viaggio?»

Per la verità le cinque ore di tragitto si erano svolte senza problemi. Ma anche senza un particolare piacere. Luc e Rose erano lì per festeggiare un anniversario. Si erano conosciuti due anni e mezzo prima, una sera, al Royal. Sembrava lontano; quasi un altro mondo.

A volte, quando faceva il bagno o beveva un caffè in terrazza, Rose cercava di ripercorrere il film degli avvenimenti. Ma in fin dei conti, nella vita ci sono pochi avvenimenti. Rose aveva l'impressione che molte scelte si fossero compiute da sé, quasi suo malgrado. La logica del giorno per giorno aveva fatto il suo corso e ogni cambiamento era avvenuto per acquiescenza, stanchezza o buona educazione. Nel complesso, quella legge dell'inerzia, della china, bastava a spiegare quasi tutto. Per esempio, Rose non avrebbe saputo dire per quale motivo avesse rinunciato al suo lavoro. Non era poi così male. Ancora una decina d'anni e avrebbe avuto diritto al massimo della pensione. I colleghi erano un po' indigesti, certo, e lei non si alzava mai di slancio al mattino, ma nel complesso si trovava bene. Analogamente, non avrebbe saputo che cosa rispondere se le avessero chiesto perché si fosse trasferita a casa di Luc. Prima aveva cominciato a dormire da lui due notti alla settimana, poi quattro, poi sempre. Ben presto il solo fatto di dover ripassare da casa a prendere le sue cose e recuperare la posta era sembrata una corvée superflua. Pagava le bollette per niente. Era in affitto. La faccenda si era risolta con qualche telefonata e tre lettere. Aveva disdetto il contratto, annullato la vita di prima e i traslocatori non ci avevano messo più di una mattinata per operare la migrazione. Nel garage di Luc, Rose aveva potuto constatare quanto poco spazio occupasse il suo passato.

Per finire, Luc le aveva proposto di lavorare con lui. Così non avrebbe più dovuto spostarsi tutti i giorni, oltre venti chilometri mattina e sera, alla lunga era logorante, e tutto sommato pericoloso. Sembrava una buona idea, e Rose si era lasciata convincere. Aveva creato il suo ufficio nell'ammezzato, con un computer nuovo di zecca, una foto dei figli, una linea telefonica, e il filodendro reduce dal suo vecchio open space. Ma c'era voluto poco per smontarsi. In teoria doveva gestire l'agenda di Luc e fare da interfaccia con i fornitori, occuparsi della contabilità, delle scartoffie, la parte amministrativa, insomma. Però gli affari di Luc venivano organizzati altrove, sul suo laptop, al ristorante, nei cantieri, quasi clandestinamente. Erano faccende per soli uomini, che ridevano delle stesse cose, parlavano delle donne allo stesso modo. E Rose si era ritrovata a fare solitari al computer per ore e ore. Il peggio era che guadagnava più di prima, duemila euro in nero, un accordo fra loro due. Si preoccupava solo per i contributi. Luc le diceva di non pensarci. C'era lui. Così, a poco a poco, l'aveva convinta a cambiare tutto. Era persino riuscito a persuaderla a chiudere la rivoltella nella cassaforte che stava in garage. Ora che c'era lui non le serviva più. Rose si era lasciata disarmare. Di tanto in tanto la recuperava e la infilava in borsa per un giorno, il tempo di andare a fare spese in città. Era una strana mania. Un modo come un altro per sentirsi ancora libera.

Scoprirono la loro stanza all'Hotel Royal di Évian e per un momento rimasero ammirati guardandosi intorno. I locali avevano i soffitti alti; l'atmosfera comunque avvolgente e la biancheria da letto, di un candore assoluto, creavano uno splendido contrasto con la carta da parati dai motivi barocchi. C'erano fiori freschi sul tavolino da toilette e in bagno, un tocco di primavera nella densità sontuosa dell'arredamento. Il balcone si affacciava sul lago. Le istruzioni per chiamare il servizio in camera o la lavanderia erano in cinque lingue.

«Guarda, è scritto persino in russo e in cinese» notò Rose.

Luc non raccolse. Come sempre, esaminava le finiture, l'aderenza della carta da parati, le modanature, verificando con un dito la solidità dei tramezzi. Dalla sua espressione si capiva che era stato fatto un buon lavoro.

«E adesso?» disse Rose. «Che facciamo?»

In quella stanza si sentiva ancora bene, ma

il resto dell'hotel, con i suoi corridoi interminabili, i suoi servizi d'eccezione e la sua clientela d'alta gamma, la intimidiva. Non conosceva le regole di comportamento previste, temeva gli usi e costumi condivisi dagli altri clienti. A ogni passo poteva fare una gaffe e perdere la faccia. Bisognava indossare l'accappatoio per andare in piscina? Poteva attraversare l'hotel in costume da bagno? Mica si sarebbe portata dietro la borsa per farsi una nuotata. Si rese conto di respirare con difficoltà. Che scema! Era il loro anniversario. Doveva godersi quella parentesi. Ma il bel mondo, che le si offriva lì, aveva maniere raggelanti.

Ammazzarono le due ore successive nella spa, passando dal caldo al freddo, dal vapore all'acqua gelida. L'effetto era tonificante, certo, ma la balneoterapia non poteva fare granché per il disagio di Rose. Nella vasca di acqua calda Luc la prese per mano e si scambiarono un sorriso che assomigliava a delle scuse. Eppure era tutto perfetto. Si rilassavano, il weekend era appena cominciato e più tardi avrebbero cenato in terrazza, avrebbero fatto gli sforzi necessari per festeggiare. Sì, era tutto perfetto, e quando Luc propose un giretto intorno al lago, per poco Rose non scoppiò a piangere.

Nel tardo pomeriggio si rassegnarono comunque all'idea di quella passeggiata e camminarono fianco a fianco, per certi versi distanti eppure vicini, legati quantomeno dall'abitudine. L'inizio dell'anno scolastico aveva cacciato i turisti, e a Évian restavano solo tranquilli pensionati, persone agiate che non avevano figli, e ovviamente le famiglie locali, riconoscibili dai passeggini, dall'abbigliamento Decathlon, dal ritmo più sostenuto della loro andatura. Luc e Rose guardavano tutto questo seguendo il contorno del lago, le cui acque color mercurio riflettevano un cielo impeccabile. Passarono, sfiorandoli, una manciata di adolescenti sui rollerblade, il che diede loro un pretesto per uno scambio di idee sull'educazione e sull'ipotetica recrudescenza dei furti di borsette. Ma in realtà non gliene importava nulla e aspettavano l'ora di cena. Avevano ancora quel rifugio degli orari fissi e dei gesti convenuti. L'alcol era rimasto per loro una soluzione di ripiego.

Così si sedettero a tavola non appena possibile, verso le sette, optando per il carré di agnello caldamente consigliato dal cameriere e per una bottiglia di Aloxe-Corton Premier Cru. Dalla terrazza del Royal potevano contemplare la fredda immobilità delle acque del lago, la sua superficie su cui già passava il brivido di settembre. Ben presto Rose fu costretta a coprirsi le spalle. Era di umore irritabile e brontolò per la lentezza del servizio e la scarsa illuminazione. Durante la cena passarono in rassegna le conoscenze che avevano in comune. Perché la maldicenza era un buon espediente. Così ci si faceva il regalo di trovarsi d'accordo con facilità. E poi il piacere di incriminare le piccole disavventure dell'uno e dell'altro, di mettere sotto accusa l'educazione dei loro figli, di sparlare del loro arredamento o di criticare il modo in cui spendevano i soldi permetteva di tappare a buon mercato le crepe che si volevano ignorare a casa propria. Naturalmente finirono per approdare al caso di Catherine, la sorella di Luc, e vi si soffermarono per un po'. La storia delle sue traversie era lunga e Rose non perdeva mai occasione di malignare su di lei. La povera Catherine viveva in campagna, in una vecchia fattoria ristrutturata, con i suoi cani e uno strano tizio che vendeva verande porta a porta. Chiamava Luc ogni giorno, o quasi. C'era sempre qualcosa che non andava. Una volta il tetto della casa non era abbastanza stagno, un'altra il cane aveva vomitato. Oppure il suo uomo non aveva raggiunto i risultati previsti ed erano sull'orlo del tracollo economico. Senza contare la sua anca, i vicini, la cistifellea, le volpi che avevano saccheggiato il pollaio, e così via. Luc la ascoltava senza battere ciglio, irritato e paziente. Alla fine si offriva di darle una mano. Catherine si indignava. Ci volevano altre tre telefonate per risolvere il problema, e Luc doveva firmarle un assegno. Il peggio era che Rose non aveva mai incontrato quella sorella perennemente in difficoltà. Eppure non abitava tanto lontano. Rose se ne fregava, ma non era un buon motivo per non lamentarsene.

«Comunque, su di lei ho la mia idea.»

«In che senso?»

Eppure Luc sapeva che cosa stava per dire e Rose stessa era ben consapevole di ripetersi. Fra loro, la parola non risolveva più niente. Marcava delle posizioni. Ridiceva dei rancori. E ogni argomento di conversazione serviva solo a rimettere in scena la loro discordia, a rivangare gli stessi dispiaceri. Quell'incessante battaglia equivaleva ancora a una vita di coppia.

«È invidiosa, ovvio» disse Rose.

«Che stupidaggine.»

«Crepa d'invidia. È così evidente.»

«Piantala.»

Ma era troppo tardi. Le parole scaturivano, animate di vita propria, velenose, sempre le stesse, e a un tratto Rose avvertì che la rabbia le sfuggiva di mano, come un cane all'altro capo di un guinzaglio: «Non ne può più di fare quella vita di merda, nel suo buco. Ci odia perché abbiamo avuto successo.»

«*Abbiamo* avuto successo?» disse Luc, ironico.

A Rose si appannò subito la vista. Si irrigidì, facendo del suo meglio per trattenere le lacrime che le salivano agli occhi.

Una volta Luc le faceva paura. Le faceva male. Ora era peggio. La faceva sentire appesa a un filo. La sua dipendenza era tale, gli si era sottomessa così tanto ormai, che bastava una sua parola per rispedirla nel nulla.

Del resto, per tanto tempo non aveva saputo dare un nome a quella violenza allusiva. Di fatto non si trattava dell'evidente brutalità dei fatti di cronaca, con singhiozzi e lividi. Si riassumeva in sottintesi, silenzi, assenze. Bastava un contrasto, e Luc spariva.

Allora lei si ritrovava da sola per parecchi giorni, senza nessuno con cui dormire o condividere i pasti. Come un cane, Luc l'aveva raccattata. Come un cane, la abbandonava. E se osava chiedergli conto, il muro di silenzio raddoppiava, e lui poteva tagliare di nuovo la corda. Cento volte, non potendone più, gli aveva detto ma parla santo Dio. Otteneva solo un accigliarsi del suo bel viso allungato. A più riprese aveva voluto lasciarlo, ma restava prigioniera, stretta in quella tenaglia di mutismo e benessere. Comunque si domandava che cosa ribollisse dietro, dentro quell'uomo incapace di parole. Immaginava una sorta di tempesta, di uragano chiuso in gabbia, tutto un turbine sottotraccia. Un giorno o l'altro avrebbe pur dovuto uscire fuori. Lei ci sperava, come una scema.

Si ricordava ancora del weekend in cui l'aveva lasciata sola per la prima volta. Una semplice sfuriata dopo cena, perché continuava ad abbandonare la borsa sulle poltrone, che non erano ovviamente il posto dove doveva stare, oppure sul letto, ancora peggio, portava male, e tutto a un tratto Luc se n'era andato. Lo aveva sentito prendere le chiavi, la portafinestra che scorreva e poi il rombo del Q7 nel vialetto. Ed era sparito per due giorni. In più, l'auto di Rose era dal meccanico, veniva da pensare che lo avesse fatto apposta. Era rimasta bloccata in quella grande casa, che di colpo non sembrava più tanto *cosy*, giurando che non sarebbe finita così. Ma si era limitata ad aspettare che tornasse, passando da una stanza all'altra, dal letto al divano, dal bagno alla lavanderia, componendo numeri di telefono per poi riagganciare bruscamente. Allora si era resa conto di aver tagliato i ponti con la sua vita di prima, senza mai ormeggiarsi a quella che Luc conduceva senza di lei. Non aveva nessuno.

Il sabato mattina, dopo aver dormito male, con la bocca secca a causa delle sigarette, Rose aveva deciso che ne aveva abbastanza. Si era preparata una vodka col succo d'ananas per darsi coraggio, appena uscita dalla doccia, e l'aveva bevuta guardando la brina che, fuori, scintillava sull'erba tagliata, nel pallido sole di febbraio. Le aveva tirato su il morale. Due bicchieri dopo aveva chiamato Marie-Jeanne, che si era limitata a dirle: «Ah! Chi si rivede!» E poi la conversazione era andata avanti in modo molto naturale. Luc era stato fatto a brandelli.

«Dovresti tagliare la corda, una buona volta» aveva detto Marie-Jeanne.

«Dove vuoi che vada?»

«Tanto per cominciare vieni da me. Dai, vieni, ci facciamo quattro risate.»

«No. Sono senza macchina. E poi ho sbevazzato un po'.»

«Da sola?»

«Sì, lo so, niente prediche.»

«E cos'hai bevuto?»

«Vodka.»

«Non muoverti, arrivo.»

Rose aveva ridacchiato e si era vestita al volo per accogliere la sua amica. Avevano bevuto fino a tardi parlando senza sosta, degli uomini, dei figli, del lavoro, della loro giovinezza elettrica, delle vampate della menopausa e del resto, e poi di quello che passava in tv. Marie-Jeanne aveva un debole per Thierry Ardisson, che non poteva fare a meno di trovare sexy, con quelle grosse mani e quell'aria viziosetta. Rose preferiva il tizio della serie *Castle – Detective tra le righe*. Avevano riso, avevano ballato ascoltando alla radio la programmazione di Rfm Night Fever, per poi finire nello stesso letto, senza nemmeno spogliarsi. La domenica Marie-Jeanne se n'era andata dicendo: «Ragazza mia, se sopravvivi a questa sbronza, scappa il più lontano possibile.»

Ma Rose era rimasta. E il lunedì, quando aveva sentito la chiave di Luc girare nella serratura, si era odiata per il fatto di provare un tale sollievo.

Di episodi così ce n'erano stati altri. Rose avrebbe preferito che Luc avesse delle amanti. Era quello che aveva detto alla psicologa che le avevano consigliato, e che peraltro sembrava più una pranoterapeuta e un'ostetrica. La quale non aveva potuto fare granché per il suo caso, a parte prodigare qualche consiglio degno di *Femme Actuelle* e raccomandarle delle tisane. Né si era dimostrato più efficace il suo medico, dato che su di lei l'Efexor aveva solo effetti indesiderati, bocca secca, gonfiori, libido a zero. Era stato in quel periodo che Luc aveva cambiato la combinazione della cassaforte: per proteggerla, diceva. Il sequestro della rivoltella aveva scatenato le liti peggiori fra loro, però alla fine Luc aveva ceduto, sparati pure un colpo in testa. Eppure Rose non aveva mai pensato di rivolgere quell'arma contro di sé.

Invece aveva preso a farsi strada in lei l'idea di andarsene sul serio. Aveva avvertito Luc. Lui si era limitato a fare orecchie da mercante, tagliando corto con una parola, con un gesto brusco della mano. Rose si scaldava per niente. Non le avrebbe mai permesso di rovinare tutto. E quel *mai* era come un muro. Luc non scherzava.

Da quel momento Rose aveva cominciato a controllare con regolarità che la rivoltella fosse nella piccola cassaforte. Si diceva che forse un giorno sarebbe stata la sua via d'uscita. Temeva anche di vederla finire in mano a Luc. A poco a poco si preparava alla violenza.

Ciò nonostante le capitava ancora di sorprendersi, per esempio quando vedeva Luc di spalle intento a cucinare, con le maniche rimboccate, quando parlava al telefono con un idraulico o un muratore, quando a un tratto la sua sagoma si delineava nel vano di una porta. Quando un sorriso lasciava comparire il suo incisivo storto. Non poteva immaginarsi senza di lui e se la prendeva con se stessa per essere incapace di risolvere quell'equazione fra l'odio e l'attaccamento.

Intanto, sulla terrazza dell'Hotel Royal di Évian la temperatura scendeva rapidamente e Rose si strinse la stola intorno alle spalle. Guardò il braccialetto che portava al polso.

Il bell'orologio Hermès. La bottiglia di vino costava 102,50 euro.

«Faremmo meglio a lasciarci» disse.

Luc alzò le sopracciglia, e fece una smorfia, tipo che storia è questa.

«Non sto scherzando» riprese lei.

«Parli a vanvera.»

«Me ne vado. Sono stufa, non serve a niente continuare così.»

«Per andare dove? Per fare cosa?»

«Vedremo.»

«Non hai nemmeno più un letto dove dormire.»

«Me la caverò. Come facevo prima di te?»

«Appunto. Non si può dire che te la cavassi tanto bene.»

Un po' più in là un cameriere passava da un tavolo all'altro e accendeva le candele. I clienti, per un attimo estasiati e con il volto all'improvviso ridisegnato da quell'aggiunta di luce, riprendevano poi a conversare con più brio. Così la tranquillità della terrazza si punteggiava di maschere loquaci, animate dalle fiammelle vacillanti, e ulteriormente affilate dal freddo venuto da est. Luc si infilò il golf e chiuse la questione, con i capelli scompigliati, un riflesso giallo nella pupilla.

«Dici stupidaggini. Non voglio più sentirne parlare.»

Ma Rose era decisa.

Quella notte, per la prima volta dopo tanto tempo, scoparono. Successe in modo abbastanza sonnambulico. Erano sdraiati, la mano di Luc trovò il fianco di Rose, poi si abbracciarono, e poiché ce l'aveva duro, lei gli disse vieni. Aveva paura che non durasse e lui la penetrò in gran fretta. Subito Rose provò quel vecchio brivido. Aveva sempre pensato che fosse il meglio dell'amore, quel primo colpo di reni, quando il cazzo di un uomo andava a cercarla proprio là in fondo. Luc restò un momento sopra di lei, bisbigliandole all'orecchio parole che non era ben sicura di capire con precisione. Ma dal tono intuiva dolcezze, rimpianti. Il sesso di Luc a poco a poco si ammosciava. Lo strinse fra le braccia.

«Non è niente. Ci penseremo domani.»

Luc ricadde dalla sua parte. Non era venuto, lei nemmeno. Era a malapena sesso. Lui si addormentò quasi subito e Rose si alzò per lavarsi. In bagno fu di nuovo sorpresa dal proprio riflesso nello specchio. Ma questa volta non fu per deplorare le rughe. Anzi, si stupì di trovarsi così viva, pronta a far fronte al passare del tempo, sempre bella nonostante il peso dei giorni. Si soffermò a esaminarsi e constatò da mille dettagli la cura che si dedicava, la civetteria delle unghie, delle labbra ridisegnate, la pervicacia che metteva nell'esistere nonostante quel tizio che non la meritava.

Per tutta la sua vita, quindi, ci sarebbero stati uomini pronti a rovinargliela. Fidanzatini insipienti, un marito con cui litigare, figli che non ti fanno dormire, capi che ti tolgono la parola, colleghi un po' pesanti, voyeur e timidi, tipi da una botta e via o da domenica a letto, ecco la sfilza dei maschi che erano stati il suo pubblico e il suo orizzonte. Aveva cercato il loro amore, la loro protezione. Aveva voluto scappare da loro. Ma quella era la sua droga; era lì, sotto pelle, l'infelicità che aveva fatto propria. Allora le era venuta una grande tristezza.

Al di là della porta indovinava il corpo di Luc, addormentato, già vecchio. Indovinava il suo respiro regolare e ce l'aveva con lui per quell'uso triste che stavano facendo dei loro ultimi fuochi. Un giorno, nello specchio, non sarebbe rimasto altro che una promessa di morte e il rimpianto di non aver saputo godersi la vita. Da quei mille fallimenti traeva una sola constatazione. Tutti quegli uomini non avrebbe dovuto amarli tanto.

Aprì la porta del bagno per tornare in camera. Avrebbe approfittato del sonno di Luc per fare i bagagli e filarsela. Nel peggiore dei casi, se si fosse svegliato, lei avrebbe fatto casino, e il personale dell'hotel sarebbe accorso in suo aiuto. Le tremavano le mani per l'euforia e il timore, ma quell'albergo a cinque stelle, ne era convinta, le avrebbe concesso la sicura protezione delle sue buone maniere, del suo servizio su misura, il soccorso ideale dei suoi lampadari e delle sue scene bucoliche. In una simile cornice la violenza era impossibile, la rivoltella inutile, era salva.

I suoi pensieri non andarono oltre. Due pallottole calibro .38 le avevano appena trapassato il petto, perforandole l'aorta e il cuore, proiettando una bruma di sangue e di carne, un pulviscolo di ossa che macchiarono il tappeto bianco, la carta da parati verde dai riflessi vellutati.

Braccio teso, arma in pugno, Luc aveva appena sfogato cinquant'anni di silenzi. Nel suo sguardo, un baluginio liquido parlava per lui. Non ci sarebbero state altre spiegazioni.

Ringraziamenti

Desidero ringraziare qui Maud Gluszkowski, Elsa Grimberg, Isabelle Leclerc, Hermine Naudin, Emmanuel Noblet, Hélène Riffaudeau, Manuel Tricoteaux e, naturalmente, Marc Villard, al quale devo il fatto di aver scritto la storia di Rose.

Stampato da
Grafica Veneta S.p.A., Trebaseleghe (PD)
per conto di Marsilio Editori® in Venezia

EDIZIONE	ANNO
10 9 8 7 6 5 4 3 2 1	2025 2026 2027 2028 2029